CRITIQUE D'UNE CRITIQUE

———

La *Revue catholique* de Bordeaux, dans le N° 15, VIe année, contenait une critique amère de l'ouvrage de M. Pougeois, intitulé : *Vie, apostolat et épiscopat de S. Ém. le Cardinal Donnet, archevêque de Bordeaux.*

M. J. H. Castaing, auteur de l'article, déconcerté de voir cet ouvrage paraître avant celui que préparait son ancien maître, M. Pioneau, s'arma d'une plume trempée dans le fiel et produisit *ab irato*, l'article de la *Revue catholique.*

M. Pougeois ne pouvait laisser sans réponse cet audacieux *factum*. Il envoya donc à M. de Mayol, administrateur de la *Revue catholique*, sa réponse à la prose de M. Castaing. Mais jusqu'ici la réponse de M. Pougeois n'a pas paru dans la *Revue*. Comme il répugne à M. Pougeois d'avoir recours aux voies juridiques contre M. de Mayol, ses amis ont résolu de publier une réfutation de l'article Castaing, et de l'adresser aux prêtres du diocèse de Bordeaux dont M. Castaing aurait pu surprendre la bonne foi.

———

Vie, apostolat et épiscopat de Son Éminence le cardinal Donnet, archevêque de Bordeaux, avec portrait et *fac-simile*, par M. E. Pougeois, chanoine de Bordeaux. — En vente à la librairie de l'Œuvre de Saint-Paul, 6, rue Cassette, Paris.

Par une lettre du 3o juin dernier, l'administrateur de la *Revue catholique de Bordeaux*, M. de Mayol, demandait à M. l'abbé Pougeois un exemplaire de son ouvrage *qui retrace admirablement l'existence si bien remplie de l'archevêque regretté,* et le priait *de vouloir bien accepter un article bibliographique où il en serait rendu compte aux nombreux lecteurs de la Revue, et qu'en échange, il lui enverrait le numéro justificatif de l'insertion.* Les mots soulignés sont de M. de Mayol. Ladite *Revue,* dans son nᵒ 15 *(VIᵉ année),* publiait donc, sur le livre de M. Pougeois, un article de dix grandes pages, signé de M. J.-H. Castaing, qui dissimule son titre d'abbé, sans doute parce qu'il eût rougi de publier, en cette qualité, son odieux *factum* contre un confrère.

Qu'il y ait dans l'ouvrage de M. Pougeois, des lacunes et des inexactitudes, c'est très possible, et il est très permis d'en faire une critique sérieuse et loyale. Mais ce qui n'est pas permis, c'est de l'attaquer de parti pris par des insinuations perfides et avec des ardeurs haineuses indignes d'un prêtre et de tout honnête homme. Graves paroles récemment sorties de la bouche de Mgr l'archevêque de Bordeaux pour un autre cas et qui tombent de tout leur poids sur M. Castaing, dont l'article n'est qu'un véritable pamphlet.

Quant à l'administrateur de la *Revue,* l'honorable M. de Mayol, devenu complaisant peut-être pour M. Castaing, il consentit à retourner son habit ; et le livre où il trouvait *admirablement tracée* l'existence du regretté cardinal, il consent à le dire avec M. Castaing *pitoyablement difforme*. C'est son affaire.

M. Castaing, en effet, avait besoin de vilipender l'ouvrage et l'auteur pour tuer l'un et l'autre, et faire place à une histoire semblable qu'un sien ami se proposait de publier.

On ne peut en douter quand on a lu le passage suivant dudit pamphlet : « *De ce labeur de quinze ans* (l'ouvrage de M. Pougeois), *est sorti ce pêle-mêle inexact et hâtif, composé de mille débris de notes diverses entassées à la hâte, que lui, étranger, nous sert, en affectant de prendre l'avance sur l'un des nôtres ; car il fallait faire vite et condamner au silence M. Pioneau* (auteur de l'histoire du cardinal en préparation). »

Nous regrettons pour M. Pioneau qu'il ait, dans la personne de M. Castaing, un si maladroit patron. Ces sortes d'amis sont plus compromettants qu'un ennemi. Que l'honorable M. Pioneau sache bien que nous respectons sa liberté d'écrire une Vie de Mgr Donnet ; comme lui aussi, nous l'espérons, il respecte, en dépit du zèle intempérant de son fâcheux disciple, la liberté d'autrui, et ne trouve pas mauvais qu'un auteur ait entrepris la même œuvre que lui, et qu'il l'ait publiée sans son agrément.

Voyez aussi l'inconséquence, la contradiction de M. Castaing... Il reconnaît, avec M. Pougeois, que des évêques, notamment le cardinal de Cheverus, ont eu deux historiens, sans compter les chroniqueurs ; quoi qu'en dise M. Fisquet, car nous avons en mains la Vie du cardinal de Cheverus par M. Dubourg, 2e édition 1840, et celle de M. Hamon. Pourquoi donc le cardinal Donnet ne jouirait-il pas du même privilège ? Et d'où vient cette acrimonie, cette mauvaise humeur, ce fiel intarissable que distille la plume de notre contradicteur contre le premier historien de l'éminent cardinal ?

La *Revue* par ses pages malsaines, s'est associée à un procédé plus capable de nuire au critique et à ses complices qu'au livre et à l'auteur. Quiconque lira, sans parti pris, et le livre à la main, le *factum* de M. Castaing, en sera convaincu. Contentons-nous, pour le moment, d'ébaucher cet examen comparatif.

Ce qui frappe tout d'abord, dans M. Castaing, c'est l'audace de ses affirmations.

Vous affirmez d'abord que M. Pougeois s'est rendu coupable de plagiat envers M. Pioneau. Cinq grandes pages

(pages 454...458), c'est-à-dire la moitié de votre compte rendu, sont consacrées à cette ingrate besogne.

M. Pougeois est un plagiaire qui a pris le travail de M. Pioneau, sans le dire. Il a copié [1], *avec des nuances hétérogènes*, c'est-à-dire avec des *variantes* (ce mot n'arrive sans doute pas sous la plume de M. Castaing), il a copié des *fragments* publiés par M. Pioneau dans la *Revue catholique de Bordeaux*, fragments extraits d'une Histoire du cardinal Donnet que prépare M. Pioneau, et dont quelques-uns sont la reproduction d'une *note manuscrite et inédite*, propriété de cet ancien maître de M. Castaing.

Voilà ce que vous dites, M. Castaing. Et là-dessus, vous citez *in extenso* (pages 457 et suivantes) de longues tirades prises par M. Pougeois dans l'écrit de M. Pioneau.

De grâce, avant de parler, instruisez-vous. Vous avez découvert *par hasard* que ce passage était volé à votre ami Pioneau. Le hasard vous a mal servi. Il vous a laissé ignorer une *Notice sur Mgr Donnet*, publiée en 1842, notice où se trouvent mot à mot les passages dont vous faites la propriété de M. Pioneau. C'est de là peut-être que l'a tiré M. Pougeois ; c'est de là que l'a tiré aussi M. Pioneau, avec cette différence que ce dernier l'a copié servilement, tandis que M. Pougeois y a mêlé des *nuances hétérogènes*, c'est-à-dire de son cru. Le pillard, si pillard il y a, ce n'est pas tant M. Pougeois que M. Pioneau, qui prend cela tout d'une pièce et se l'approprie, au point de crier au voleur si l'on y touche.

Et le fragment de la page 456, troisième alinéa, c'est encore un larcin de M. Pougeois. Voyez plutôt les deux textes mis en regard dans l'article de M. Castaing. Quelle ressemblance ! Quelle identité d'expression ! Ici encore, M. Castaing, le hasard, votre Dieu favori, vous a joué le tour. Lisez la *Biographie du clergé contemporain*, publiée en 1841, par le *Solitaire* (2ᵉ vol. *page 150*), vous y trouverez ce morceau tout entier. Voilà la source d'où l'a tiré M. Pioneau aussi bien que M. Pougeois. Cessez donc de nous vanter comme sacrée et inviolable cette fameuse note manuscrite et inédite que vous

---

1. Que M. Castaing nous permette de lui demander en passant si dans un certain ouvrage dont il est auteur, il n'aurait pas copié, sans le dire, des lettres publiées dans les *Annales de la propagation de la foi.*

dites être la propriété de l'ami Pioneau et que tout le monde peut lire aux pages 8 et 9 de la notice susdite.

N'est-il pas plaisant d'entendre M. Castaing accuser M. Pougeois de porter atteinte par ses emprunts inavoués à la confraternité littéraire envers M. Pioneau, quand lui-même, avec une légèreté sans exemple, outrage ainsi la probité littéraire envers M. Pougeois?

M. Castaing, vous osez dire à M. Pougeois : *La probité littéraire se prouve-t-elle ainsi ? On ne donne pas facilement le change à l'histoire ; elle découvre toujours la vérité.* C'est votre condamnation que vous prononcez là. Oui, donner le change à l'histoire, c'est la mesure de votre talent. Quant à découvrir la vérité, cela vous surpasse, on vient de le voir. Les cinq premières pages, qui sont la moitié de votre triste pamphlet, sont le monument de votre science historique et de votre honnêteté littéraire.

Mais ne soyons pas trop rigoureux. Ce qui excuse M. Castaing, c'est qu'il n'avait point étudié sa matière. Il ne connaissait de l'histoire du cardinal que la *note manuscrite et inédite, propriété de M. Pioneau,* que le *hasard* lui avait mise sous la main. M. Pioneau eut la simplicité d'en publier des fragments dans la *Revue catholique.* C'est là évidemment que M. Pougeois les a trouvés. *Il est hors de toute contestation que M. Pougeois a lu la Revue catholique.*

— O naïf logicien ! Ce que vous affirmez, avec tant d'aplomb, être la propriété de votre ami, est dans le domaine public depuis près d'un demi-siècle. Vous ignorez cela et vous prenez la plume ! Instruisez-vous au moins avant d'aborder la critique sur une matière qui vous est complètement étrangère.

Reconnaissez votre témérité ; elle compromet M. Pioneau bien plus qu'elle ne charge M. Pougeois.

Non, M. Pougeois n'a point lu la *Revue catholique.* Il n'en avait pas besoin. Avant qu'elle eût vu le jour, il avait en main tout ce que M. Pioneau possédait et beaucoup plus encore. C'est l'apparition de votre compte-rendu qui a révélé à M. Pougeois l'existence de la *Revue,* de M. Pioneau, et de M. Castaing. Jusque-là il ignorait qu'un M. Pioneau publiât des fragments et préparât une histoire du cardinal.

Bien plus, sans la bienveillance d'un ami, M. Pougeois eût ignoré même votre article. Informé que cet article existait, il s'empresse de demander à Bordeaux, mais sans l'obtenir, la livraison de la *Revue* qui le contenait, et que M. de Mayol, malgré sa promesse, ne lui avait pas envoyé. Pourquoi cette infidélité? Pourquoi ce refus? C'est alors que l'ami de M. Pougeois parvint, mais avec beaucoup de peine, à mettre la main sur ce numéro presque introuvable. Quel dommage que M. Pougeois, malgré la distance, malgré la conjuration des frères et amis, ait réussi à se procurer cette odieuse diatribe de M. Castaing, et qu'on puisse avec autorité et avec preuves démolir pièce par pièce cet article de mauvais persiflage indigne du corps auquel appartient M. Castaing aussi bien que M. Pougeois.

A la fin de son article, le critique bordelais donne à M. Pougeois un *avis sincère et amical*, emprunté au poète latin : *Delere licebit quod non edideris*. Nous lui donnerons, d'une manière non moins *sincère* et non moins *amicale*, un avis tout contraire : N'allez pas détruire ce que vous venez de publier, c'est le mémorial glorieux de votre honnêteté et de votre érudition !

Ce premier essai de réfutation pourrait suffire. On connaît maintenant la valeur du pamphlet et le but du pamphlétaire. Mais suivons son œuvre jusqu'au bout.

Si, dans les cinq premières pages de M. Castaing, l'historien du cardinal Donnet est un plagiaire, dans les cinq dernières il est un mauvais écrivain. M. Castaing l'assure et essaie de le prouver.

On ne trouve chez M. Pougeois, c'est M. Castaing qui parle, *que des appréciations vagues, des souvenirs qui n'ont aucun rapport au sujet, des inexactitudes, des négligences de style, des fautes de grammaire, des digressions et des divagations qui dépassent les rêves de l'imagination la plus vagabonde.*

Des divagations qui dépassent les rêves de l'imagination la plus vagabonde ! Comme ce beau style fait contraste à côté du mauvais français de l'historien Pougeois !

On ne saurait, dit M. Castaing, *énumérer* toutes les fautes de M. Pougeois, *sans transcrire à peu près tout l'ouvrage.* C'est pourquoi on n'en citera aucune, c'est plus tôt fait.

Un écrivain qui se permet de parler ainsi est sans doute un puriste qui défie toute censure.

Jugez par quelques exemples de la perfection de son style comparée à la pauvreté de celui de M. Pougeois.

L'historien du cardinal dit que *partout Mgr Donnet se fait remarquer par un zèle infatigable...* Le critique corrige cet agencement de mots par cette tournure qui ne choque pas son oreille délicate : « L'abbé Donnet se faisait *remarquer partout par...* (page 640.) »

Même page 640, le grammairien émérite dit d'une nomenclature faite par M. Pougeois, qu'elle est *entremélée de maintes inexactitudes.* Il n'a le temps d'en relever aucune, ni même d'apercevoir la sienne. Préoccupé uniquement du souci de multiplier les fautes de M. Pougeois, il emploie *maint* au pluriel. Le singulier serait correct, d'après l'Académie, mais ne ferait pas son compte. Sa passion apparemment lui fait oublier la grammaire.

Page 453, après avoir parlé des remarques que lui a suggérées le livre de M. Pougeois, notre incomparable écrivain ajoute : « Il n'en est pas qui puisse causer à M. Pougeois *l'impression d'un parti pris* d'injustice. »

Il n'en est pas qui puisse... quelle élégance ! Il s'agit des *remarques* apparemment : des *remarques* qui *puisse !...*

Causer à M. Pougeois l'impression d'un parti pris... Le parti pris est chez M. Pougeois, puisqu'il lui est *imprimé.* Voilà ce que dit la phrase, mais l'auteur de la phrase veut dire tout le contraire. Où le puriste a-t-il puisé ce langage à contre-sens, ce français barbare et inintelligible ?

Est-ce assez de fautes dans une ligne et demie ?

Page 456, le critique parle des Vies du cardinal de Cheverus *pour* les abbés Hamon et Dubourg. Il veut dire sans doute *par* les abbés... mais ce n'est peut-être qu'une faute d'impression.

M. Pougeois dit dans sa préface qu'il a *broyé les couleurs...* Son contradicteur parle, lui, de *broyer des lumières.* Peut-il nous dire ce que c'est que *broyer des lumières ?* (pages 456, 457).

Page 460 : « *Pas une page où* LE CARACTÈRE ET LE TALENT *du prêtre* SOIT analysé. »

Un élève de huitième dirait à M. Castaing qu'un sujet composé veut son verbe au pluriel.

On voit que le censeur de M. Pougeois a encore besoin de grammaire, et il prétend ridiculiser l'historien du cardinal Donnet ! C'est à lui qu'il faut appliquer ce qu'il dit de M. Pougeois : « On ne saurait énumérer ses fautes sans transcrire à peu près tout l'ouvrage. »

Encore un échantillon du style de M. Castaing, avant de prendre congé de notre censeur sur ce terrain ;

Vous dites, page 459, ligne 5e : *Il reste à Bordeaux deux*

témoins de la vie du cardinal dans son pays... dans cette phrase, un seul verbe : *Il reste*, et deux régimes : *à Bordeaux* et *dans son pays.* Par une ambiguïté qui vous échappe, vous feriez croire à la bilocation de vos deux témoins. Voyez dans la même phrase de l'article, page 459, comment M. Castaing accumule avec harmonie le pronom *il* : — *Il* reste à Bordeaux, — *il* connaissait, — *il* les cite, — *il* préfère écrire sans réflexion et à tout hasard, — *il* parlait... Est-ce le hasard de M. Castaing qui parlait ou M. Donnet.

Passons aux *indications fausses*, aux *inutilités*, aux *divagations*, à ce que vous appelez *les rêves de l'imagination la plus vagabonde.*

Ne dirait-on pas que l'histoire de Mgr Donnet par M. Pougeois est un livre plein de fantaisie, d'inventions, de récits imaginaires et fantastiques ? L'expression de l'écrivain bordelais dépasse assurément sa pensée. Mais elle fait image et cela suffit... à M. Castaing qui n'y regarde pas de si près.

Erreur reprochée à M. Pougeois : M. Castaing lui fait dire que *l'abbé Donnet a été ordonné prêtre à vingt-deux ans.* Comment pouvez-vous imputer cette erreur à M. Pougeois? Elle se trouve dans le passage d'une lettre même du cardinal que cite M. Pougeois, et qu'il importait peu de relever en cet endroit. Il eût fallu interrompre le récit par une digression, quand le lecteur pouvait aisément rectifier lui-même l'erreur s'il l'apercevait.

Autre erreur. Vous faites dire encore à M. Pougeois que Mgr Donnet a été élevé au cardinalat en 1847. Où avez-vous donc trouvé cela? M. Pougeois a chez lui, pour les communiquer au besoin à M. Castaing, qui, pour sûr, ne les possède point, si ce n'est la *France pontificale* peut-être, les collections depuis 1801 de l'*Almanach du clergé*, de l'*Almanach de la cour*, de l'*Almanach royal, impérial* et *national*, de l'*Année historique*, de la *France pontificale*, des *Tablettes du clergé*, etc. Il ne pouvait avoir une ombre d'hésitation sur les dates. D'ailleurs, M. Pougeois n'avait pas à s'occuper, dans son premier volume, du cardinalat de Mgr Donnet. M. Castaing est toujours *hâtif*, à contre-temps.

M. Castaing dit, page 459 : « La suite fournira-t-elle quelques chapitres dont l'intérêt fasse oublier les mécomptes de cette première partie? Nous voudrions pouvoir le promettre. »

Non, *la suite ne les fournira pas*, et vous ne le voudriez pas.

D'autres critiques pour le moins aussi compétents que vous, ont dit : Tous les chapitres du livre de M. Pougeois sont pétillants d'intérêt, pleins d'érudition, riches de faits concernant les événements et les personnages contemporains de l'éminent archevêque, et qu'on ne trouverait nulle part ailleurs. Ces faits, non étrangers à l'histoire de Mgr Donnet, étaient précieux à conserver pour l'histoire de l'Église. Mais tout ce qui dépasse le petit cercle de vos connaissances historiques est un hors-d'œuvre. C'est pour vous et vos amis seulement que le livre de M. Pougeois est *pitoyable*. S'il était pour tout lecteur aussi *pitoyablement difforme* que vous affectez de le dire, il serait mort-né, et vous n'auriez pas besoin de décocher tant de traits empoisonnés et perfides pour le tuer et faire place à celui que votre ami va publier.

Mais poursuivons l'inventaire de votre arsenal agressif. Nous verrons que vous ne reculez pas devant des faussetés de parti pris.

Vous dites, page 460, que M. Pougeois *fait en quinze pages l'histoire de l'abbaye des Chartreux depuis Henri III jusqu'à sa transformation par le cardinal Fesch.*

Or, relisez la page 39, 2ᵉ alinéa, du livre de M. Pougeois. Voici ce que vous y avez trouvé : « *L'ancienne abbaye des Chartreux, tranquillement assise entre le Rhône et la Saône et fondée en 1585 par Henri III sous le nom du Lys du Saint-Esprit.* » Voilà en trois lignes, ni plus ni moins, tout ce que dit M. Pougeois de l'abbaye des Chartreux jusqu'à sa transformation par le cardinal Fesch. L'esprit de dénigrement vous aveugle et vous fait par trop mentir, ami trop zélé de M. Pioneau. Si l'auteur que vous attaquez a parlé de la fortune du cardinal Fesch et de l'heureux emploi qu'il en faisait, ce n'est que dans une note pour ne point arrêter son récit, vous ne l'avez pas remarqué.

M. Pougeois, à partir de l'acquisition du couvent des Chartreux et de sa transformation par le cardinal Fesch, donne bien quelques détails sur cet établissement. Mais les immenses services rendus à l'Église, à la patrie et au diocèse de Lyon par la maison des Chartreux, ce sanctuaire de la science et de la vertu, d'où sont sortis tant d'hommes remarquables, et qui a préparé en particulier à l'Église de France, dans la personne de l'abbé Donnet, un missionnaire, un apôtre et un grand pontife, méritaient bien cette attention de l'historien du cardinal. Un esprit même médiocre comprend cela.

Plus loin, M. Pougeois montre l'abbé Donnet, installé aux

Chartreux, se livrant à l'oraison, aux études théologiques, et composant un *corps de discours*, afin de pouvoir aborder sans témérité la chaire chrétienne ; et, plus bas, l'historien fait remarquer que l'abbé Donnet était doué d'un talent particulier d'improvisation. Là-dessus, le critique bordelais crie à la contradiction. Prononcer des discours écrits et savoir improviser, voilà pour M. Castaing deux choses incompatibles !

Page 460, 3e alinéa, M. Castaing confond pêle-mêle dans une *inextricable confusion* (c'est le mot qu'il applique lui-même à M. Pougeois) le *ministère pacificateur* de l'abbé Donnet à Irigny et son *ministère apostolique* dans l'œuvre des missions.

A propos du tableau que trace M. Pougeois des missions de l'abbé Donnet, le détracteur de M. Pougeois dit : « Pas un document, pas une page où le caractère et le talent du missionnaire soit étudié, analysé avec précision ; pas la moindre relique de tant de discours (*relique* d'un discours!) » (*Ibid.*)

Vraiment, monsieur l'abbé, tout vous a échappé sur ce point dans le livre de M. Pougeois, et la multiplicité des œuvres créées, et les retraites, et l'historique des missions diverses données par l'abbé Donnet, et des appréciations sur ses travaux et ses succès. Les chapitres IV et V sont consacrés à ces missions. Si vous avez lu le livre, vous avez sciemment menti. Vos traits de plume sont meurtriers, mais contre vous-même.

L'abbé Donnet devient curé de Villefranche : vaste champ qui offre une tâche particulière à l'historien. Ici, M. Castaing dit que M. Pougeois fait du nouveau curé un portrait *assez vraisemblable*. Le critique veut dire sans doute *assez ressemblant ;* mais, manquant toujours un peu de grammaire, quoiqu'il ait eu M. Pioneau pour maître, il prend aisément le change sur la valeur des mots. A cela près, il faut admettre qu'il dit vrai, cette fois, en trouvant le portrait du curé de Villefranche *assez ressemblant*. Par conséquent, l'historien considère son héros dans son ministère et dans ses œuvres, car il n'y a pas de portrait de curé sans cela. Eh bien, M. Castaing n'en dit pas moins que, dans cette partie encore, on cherche vainement *des faits, des œuvres et des documents*. Cependant, monsieur l'abbé, vous avez dû lire le sixième chapitre, qui en est tout rempli.

Mais voici une accusation plus étrange que toutes les autres, L'historien, voulant peindre la bouillante ardeur du curé de Villefranche, au milieu d'une effroyable inondation, dit : *Il va, au péril de sa vie, faire lever, ou plutôt il lève lui-même les vannes d'un moulin qui barraient le passage de la rivière...* Tout le monde voit et admire ici la vivacité du curé, qui excite ses hommes et qui met plus ardemment que tout autre la main à l'œuvre. M. Castaing au rebours. Suivant ce savant professeur de style, *on ne sait plus exactement à quoi s'en tenir sur l'attitude de l'abbé Donnet. A-t-il fait lever, ou a-t-il levé lui-même les vannes? Quelle est cette figure de style, et pourquoi faire planer un doute sur l'action décisive?* Décidément, monsieur le chanoine, vous êtes plus lent à comprendre que l'abbé Donnet à exécuter. Mais, en revanche, vous êtes très fort aux querelles d'Allemand.

M. Castaing dit, à propos du chapitre VII de M. Pougeois : *Sans doute, la brocheuse, sans y prendre garde, a pris ce chapitre dans la « Vie de Mgr Forbin-Janson », pour l'intercaler dans la « Vie du cardinal Donnet ».*

Il faut vous le dire, monsieur le censeur, vous n'êtes pas plus heureux dans vos ironies que dans vos faussetés. Vous ne voulez pas comprendre que l'historien de Mgr Donnet est ici en plein dans son sujet. Au moment où le curé de Villefranche va prendre en main, avec le titre de coadjuteur, l'administration du diocèse de Nancy, son biographe pouvait-il se dispenser de tracer, dans un tableau d'ensemble, la situation critique, périlleuse, bouleversée de ce diocèse? L'exposé de ce tableau n'était-il pas de toute nécessité pour faire apprécier, d'un côté, le dévouement et le courage de l'abbé Donnet, qui acceptait un pareil poste, et, de l'autre, la modération, la prudence et le tact infini qu'il lui fallut déployer pour triompher, avec un succès inespéré, d'une longue suite de difficultés et d'obstacles? Libre à M. Castaing, après cela, de trouver que ce chapitre VII est un hors-d'œuvre. Mais nous l'avertissons qu'il sera seul de son sentiment.

Signalons en passant son expression : *Mgr Forbin-Janson.* Dites *de Forbin-Janson,* monsieur Castaing ; c'est moins démocrate, c'est vrai ; mais la particule ne saurait être omise par quelqu'un qui, comme vous, se pique d'exactitude.

Pour l'ancien aumônier bordelais, c'est encore une *divagation* que l'histoire de la *Société Bautain.* Ce nom qui a fait tant de bruit est sans doute inconnu de M. Castaing. Le voir accolé à celui du cardinal Donnet est pour lui un phénomène. Mais pour qui sait ce que furent M. Bautain et ses disciples à Strasbourg, pourquoi et comment Mgr Donnet intervint en leur faveur auprès de Mgr Le Pappe de Trevern, évêque de Strasbourg ; sa constance à leur porter intérêt, à ne les jamais perdre de vue ; son zèle à négocier, de concert avec M. l'abbé Martin de Noirlieu, pour leur faire céder la direction du collège de Juilly par MM. de Salinis et de Scorbiac ; pour qui sait tout cela, le récit de M. Pougeois n'a rien que de naturel. Ces monuments précieux pour l'histoire ecclésiastique de ce temps allaient se perdre. Ils devaient trouver leur place dans la vie du cardinal Donnet, et nul plus que l'historien de Son Éminence n'était en position d'en connaître tous les détails. Le lecteur qui est tant soit peu au courant des choses ecclésiastiques de son siècle revoit sans étonnement et avec plaisir passer sous ses yeux tous ces noms si connus de Mgr Donnet, et ils savent gré au biographe de les avoir peints d'un trait, surtout quand ils voient l'archevêque de Bordeaux appeler près de sa personne MM. de Scorbiac et de Salinis, prêtres étrangers, pour leur donner une large part à l'administration de son diocèse.

Les lecteurs de M. Pougeois dévorent ce que le critique appelle des *articles de dictionnaire*. Les lettres nombreuses écrites à M. Pougeois en fournissent la preuve. Du reste, à part le haut intérêt que ces noms présentent, l'auteur, en les mettant sous les yeux du public, n'a fait qu'imiter les Rohrbacher, les Darras, les Gabourd, les Thiers, les Émile Ollivier, etc. Mais M. Castaing, on le voit, n'a pas su consacrer, je ne dis pas *quinze ans*, mais même *un an* à étudier ces historiens, chez lesquels on trouve fréquemment ces *articles de dictionnaire*.

Libre à M. Castaing de trouver cet épisode un hors-d'œuvre et un *pêle-mêle*... C'est du moins un intéressant *pêle-mêle* ; ce sont des *longueurs*, des *digressions*, des *divagations* d'une haute importance, fussent-elles, comme le dit si spirituellement M. Castaing, le produit de l'*imagination la plus vagabonde*.

Quand M. Castaing dit (page 462) que l'historien de l'archevêque de Bordeaux fait l'histoire de Juilly depuis Jules-César jusqu'au Père de Condren, il confond sciemment le pays avec l'Abbaye. M. Pougeois a fait l'histoire de l'Abbaye en quelques mots, et il s'est étendu un peu plus, pour bonne raison, sur le collège et l'académie de Juilly, où Mgr Donnet vint si souvent faire visite aux directeurs et présider à des cérémonies.

M. Castaing, toujours dans le second alinéa de la page 462,

dit encore, par manière d'ironie, que le lecteur se trouve tout à coup transporté à Bordeaux, en plein épiscopat de Mgr Donnet, sans savoir ni quand, ni comment il a quitté Nancy. Vous êtes bien *hâtif* M. Castaing! N'est-ce pas ici, plus que dans le livre de M. Pougeois, que se trouve *le rêve de l'imagination la plus vagabonde*? L'auteur dans ce volume ne dit pas un mot de l'épiscopat de Mgr Donnet à Bordeaux. Comment peut-on dire qu'il y transporte tout à coup son lecteur? Il faut avoir rompu avec toute délicatesse et toute bonne foi pour infliger ce travers au biographe de Mgr Donnet. Mais rien n'étonne plus de la part de M. Castaing.

La fin couronne dignement cette œuvre déloyale d'un confrère : « De ce labeur de quinze ans est sorti le pêle-mêle inexact et *hâtif* que lui, étranger, nous sert, en affectant de prendre l'avance sur l'un des nôtres... Il fallait faire vite et condamner au silence M. Pioneau... »

M. Pougeois est un étranger pour M. Castaing, voilà son premier crime.

M. Pougeois a devancé le compatriote de M. Castaing, son ami, son ancien maître, voilà son second crime.

M. Pougeois a voulu, selon M. Castaing, condamner au silence M. Pioneau, voilà son troisième crime.

Un seul de ces crimes suffirait à M. Castaing pour demander que M. Pougeois fût pendu.

M. Castaing a de singulières prétentions.

M. Castaing prétend 1º que M. Pougeois est un étranger à Bordeaux. D'abord un prêtre n'est étranger nulle part dans l'Église catholique ; puis, le terrain de l'histoire appartient à tout le monde ; enfin, M. Pougeois est moins étranger à Bordeaux que partout ailleurs, grâce au vénérable cardinal, qui l'estimait, l'aimait, et qui a daigné sourire à son futur historien.

Il prétend 2º scruter les intentions les plus intimes de M. Pougeois, oubliant que Dieu seul a ce pouvoir, *Deus intuetur cor.* Or, M. Pougeois peut assurer en toute vérité qu'il ne connaissait aucunement M. Pioneau. N'importe, M. Pougeois a publié son pêle-mêle *hâtif* (œuvre de quinze ans) pour réduire au silence M. Pioneau. Par votre affirmation, M. le chanoine, vous autorisez M. Pougeois à affirmer avec assurance que vous avez voulu, non pas seulement réduire M. Pougeois au silence, mais encore le tuer tout à fait. Ce fut là, redisons-le, l'unique but de votre pamphlet.

Enfin, troisième prétention, M. Castaing, parlant de M. Pougeois et de son volume, dit : *Il nous sert...* comme si lui, abbé Castaing, formait à lui seul tout le clergé de France et de Navarre.

Toujours tranchant, M. Castaing ose dire, page 459, ligne 9ᵉ, que M. Pougeois n'a pas consulté, qu'il a *préféré écrire sans réfléchir et à tout hasard.* Étonnant M. Castaing ! En voulant peindre M. Pougeois, c'est toujours son propre portrait qu'il trace.

Lisez donc : M. Castaing, en accusant M. Pougeois de n'avoir pas consulté, *a lui-même écrit sans réfléchir et à tout hasard.* Oyez plutôt.

M. Castaing connaît à Bordeaux deux témoins des faits que raconte M. Pougeois. Il ne nomme toutefois qu'un de ces témoins, le docte curé de Notre-Dame de Bordeaux, M. l'abbé Belleville [1]. M. Pougeois ne les a pas consultés. Qu'en savez-vous ? Et puis, un historien biographe est-il obligé de consulter tous ceux qui ont connu son héros ? M. Pougeois en connaissait bien d'autres capables de le renseigner, tant à Lyon qu'à Bordeaux, tant à Paris qu'à Nancy, à Reims et ailleurs.

De plus, dans une lettre du 25 janvier dernier, adressée à tous les membres du pieux et savant clergé bordelais, M. Pougeois les priait de lui faire parvenir les documents qu'ils pourraient avoir entre leurs mains sur la vie du cardinal Donnet. M. Castaing n'en dit pas moins que M. Pougeois n'a consulté personne à Bordeaux. Il connaissait néanmoins cette lettre, puisqu'il en cite des expressions, page 462. De grâce, M. l'abbé, retirez votre assertion plus que téméraire. Mais, on le comprend, pour les besoins de votre cause, vous annulez d'un trait les consultations du consciencieux historien. Au besoin, vous eussiez fermé la bouche aux témoins consultés ; et qui nous répond que vous ne l'avez pas fait ?

Mais il est temps de nous arrêter, car, pour relever toutes les audaces de M. Castaing, il faudrait tout un volume. Le lecteur est maintenant suffisamment édifié pour apprécier

---

1. M. Pougeois a été induit en erreur par la liste alphabétique des prêtres du diocèse de Bordeaux dans le *Calendrier ecclésiastique,* au sujet de MM. Montcenis et Lange, prêtres dont tout Bordeaux connaît et apprécie le zèle et le dévouement ; mais cette erreur regrettable a été réparée dans les *Errata.*

l'article du critique bordelais et savoir que, d'un bout à l'autre, son *factum* est une œuvre inavouable. Est-il vrai, après cela, comme nous l'avons entendu dire, que M. Castaing soit *généralement approuvé dans le diocèse de Bordeaux ; que quelques-uns avouent qu'il a frappé un peu fort, mais presque tous soutiennent qu'il a frappé juste*.

Que le clergé bordelais ait des sympathies pour l'œuvre de M. Pioneau, un de ses membres, c'est possible, et cela se comprendrait ; mais qu'il *approuve* les procédés de mauvais genre, la forme inusitée, la critique de mauvais goût, les *gamineries* de journaliste, les assertions gratuites et fausses même de M Castaing dans son article, nous ne saurions le croire ; car nous avons une meilleure opinion de nos confrères de Bordeaux...

Ce qui est certain, c'est qu'on a lu la critique sans lire l'ouvrage qui, jusqu'ici, grâce à M. Castaing, ne s'est vendu que peu, paraît-il, soit dans la ville, soit dans le diocèse de Bordeaux. Mais attendez, M. Castaing ; le livre de M. Pougeois, soyez-en sûr, fait et fera son chemin.

Ceux qui voudront juger équitablement et en connaissance de cause la *Vie du Cardinal Donnet*, ne devront le faire qu'après avoir tenu l'œuvre de M. Castaing d'une main, et celle de M. Pougeois de l'autre.

M. Castaing juge déjà, tant son siège était fait d'avance, que le second volume de M. Pougeois, avant de paraître, mérite d'être détruit, *delere licebit quod non edideris*. Est-ce l'intérêt de M. Pougeois ou celui de M. Pioneau qui a dicté cette sentence ?

Quand le second volume paraîtra, il aura été, comme le premier, revu et corrigé, dans son ensemble comme dans ses détails, par de vrais *puristes*, mais non de l'école de M. Castaing.

De plus, dans une seconde édition du premier volume, l'auteur tiendra compte de quelques observations, justes, polies, amicales, d'une importance secondaire, qui lui sont venues déjà de Lyon, de Nancy et de Paris.

Si M. Castaing se fût contenté d'adresser à l'auteur par lettre ses notes et ses observations plus ou moins convenables, celui-ci eût peut-être gardé le silence ; dans tous les cas, s'il eût pris la plume pour lui répondre, il se fût efforcé de ne point s'écarter des formes et des règles les plus sévères d'une aimable courtoisie. Mais comme il a cru devoir saisir le public de son mécontentement contre M. Pougeois, et comme il a trouvé dans la presse locale un organe pour éditer ses *vertes admonestations*, et que ce même organe se refuse, contre tout droit, à publier la réponse, M. Castaing comprendra qu'il était de son devoir de laisser ses amis donner de la publicité à la réplique dans le diocèse de Bordeaux.

X. X.

Paris, 24 octobre 1884.

Paris, Imp. Mœglin, rue Visconti, 21.